KB017876

푸른 눈시울에 걸린 하루

조외순 시집
푸른 눈시울에 걸린 하루

저　자 | 조외순
발행자 | 오혜정
펴낸곳 | 글나무
서울시 중구 수표로 45. 비즈센터 905호
전　화 | 02)2272-6006
등　록 | 1988년 9월 9일(제301-1988-095)

2022년 7월 15일 초판 인쇄 · 발행

ISBN 979-11-87716-65-5 03810

값 10,000원

푸른 눈시울에 걸린 하루

조외순 시집

| 시인의 말

바람이 지나는 길목에서 무던히도 옷깃을 여미고 살았나 보다.

한 겹씩 헤지고 낡아 버린 옷자락을 다독여 가며 잠시 뒤돌아설 지혜와 여유로움이 익숙히 배어나는 나이가 될 즈음 청호동과 바다의 푸른빛을 사랑하게 되었다.

아바이 마을의 억척같던 투박함에 젊은 날의 정서가 많이도 아팠지만, 지난날의 고운 푸른 물빛과 은비늘 멸치떼들의 수다스러움. 아이들과 이웃들과의 추억들이 지금의 내가 그려내는 시구에 고스란히 담겨 있어 이 또한 감사할 뿐이다.

바다를 지독히도 좋아하는 남편을 이해하기엔 오랜 시간이 지나야만 했지만, 이젠 마음 한가득 출렁이는 물결들을 내가 놓아 버리지 못해 하루의 인사처럼 바다를 찾는다.

격랑의 파도가 잦아든 고요한 평온에서 한 줄의 시구를 낚아 올릴 행복한 마음으로 긴 시간 끝에 첫 시집을 엮으려 한다.

참으로 어설픈 풋사과였을 것이다.

설익은 풋내기를 시의 배움으로 이끌어 주신 겨레시인

성재경 선생님과 설악문우회 '갈뫼' 선배님들의 탄탄하신 필력의 조언이 큰 힘이 되었음에 감사의 말씀을 드리고 싶다.

사람과의 친밀감을 쌓기엔 많은 시간이 필요한 내가 먼저 달려 나가 끌어안고 싶은 정감들.

사랑합니다.

그리고 또 사랑하는 곁의 사람들.

은근한 조력으로 힘을 실어 준 남편과 아이들과 지인들에게 고맙다는 뜻을 나누며 단단한 시 한 줄이 보답하는 길이라 생각하며 아침을 엽니다.

2022. 6.

차례

2부 청호동의 여운

차례

3부 언저리의 따스함

4부 꿈꾸는 나비가 되어

차례

1부

동해의 푸른 눈시울에 걸린 하루

회귀

청호동 축항을 에워 싼 테트라포드에는
물길 흐름을 읽고
고기떼들 계절 습성을 아는
낚시꾼들 시간을 잊은 채
따개비로 붙어 있다

낮과 밤 적절히 조율해 가며
목 좋은 자리 얻기 위해
둥그스런 둔덕을 타다
고르고, 고르다 타기를 여러 번

가끔씩 바람 드세고
파도 매서울 때는
바다를 비우기도 하지만
어풍이 드는 날
남기고 간 흔적들로 넘친다

거두어 가지 않은 쓰레기들
갯바위 틈 사이에서 은밀하게

제 몸을 조금씩 조금씩 바스대다
찰싹찰싹 파도의 넉살에
넓고 깊은 바다로 흘러든 부끄러움들
생선 밥이 되고 갈매기 생명줄 되어
바다가 아프기 시작했다

밥상 위에
플라스틱 생선 한 마리 올랐다

금계국

모롱이에 홀로 갸웃거리던
네 눈빛은 뜨거웠다

낯선 바람이 두려워 휘청거리던
나긋나긋하던 뒤태
밤새 뒤척인 궁금증에게
이사 왔노라 살포시 웃었다

비워 둔 마음 한자리에
기다림이 타는 듯
계절은 오고 가고

너의 진실된 고백
교태로운 입술에 실려
무수한 꽃잎이 되어 흩어지면

질긴 생명 잡초마저 스러진
지독한 욕심쟁이
순수의 영토는
노오란 아집으로 흐드러졌다

어부의 회상

문을 열면 푸른 바다였다

허깨비 어부를 태운
쓰러질 듯 삐걱거리는 의자
진종일 쏟아지는 태양을 피해
골목 어귀의 그늘로 이사를 한다

만선을 꿈꾸던 젊은 날의 욕망은
고향을 그리다
청호동에 닻을 내리고
밤마다 덧없는 꿈이 되어
하얗게 무너져 내린다

햇살이 창가에 안부를 물으면
마지막 남은 패기
날카로운 눈매에 시간을 꿰어
삶을 퍼덕이며 유영하는 사람들을
낚아 올리고 있다

길목 끝으로 사라지는
기억의 수레바퀴 소리를 들으며
뭍과 바다를 가르는 길
사이에 두고
번득이는 포획자의 시선

집으로 숨어드는
나는
한 마리 인어가 되었다

마른장마

눈물을 얹는다는 것은
후줄근한 기다림
끝자락을 보는 것이다

묵직이 어두운 마음
풀지 못한 채
부는 바람 탓이라고
미련을 안고 떠돌기만 할 뿐

산기슭에 올라
나란한 시선으로
가벼이 흐르라
부르는 나를 두고

조용한 걸음걸이
멀어지는 등 뒤로
마른 눈물이
햇살로 내린다

마름

바람의 흔적 푸르게 젖은
저 고요한 늪지에, 누가
고소한 비스킷을 펼쳐 놓았을까

물잠자리 나래 쉬다 한 입 베어 먹고
청개구리 통통 건너뛰다 한 입 베어 무는
물 깊도록 진한 고소함

고니의 날개깃에
10월이 묻어오기 전
여름 햇살 자자히 바스대며
1-1-1-1
암호의 해독을 푼다

일 년을 기다린
단 하루
1센티 흰빛으로
홀로 피기에는
기우는 붉은 사랑이 아직 뜨겁다

찰나

청호동 수로에
자동차가 곤두박질쳤다

파도 소리 잠든 깊은 밤에
거침없는 해변도로
청춘의 질주가
꺾어진 모퉁이를 벗어나
겨울 수면으로 빠져들었다

동상과 키 낮은 나무 사이로
교묘히 작은 공간을 열고

웅성거리는 호기심은
숱한 소문을 싹 틔우는
슬픈 전설이 되고

뼛속을 파고드는 얼음장은
생과 사의 갈림길로
두 젊은이의 우정은

뜨거운 심장으로 멈추었다

걷잡을 수 없는

찰나

육백 마지기 농장

별 보러 가자
총총히 은하가 내리는
밤하늘 눈동자 속으로

안개가 바람으로 부는 청옥산
숲 사이 은밀히
정점 없는 미련을 두고
거칠어 툴툴거리는 하늘길 밟으며

산 아래 굽어보는
외로운 평온
바람개비 날개 끝에
고요가 흩어져 가고

매끄러운 산 맵시
어느 님
사랑이 흘렀는가

유월의 허리를 감고

적막으로 내린 첫눈
샤스타데이지

세상 계산법

톡, 톡, 톡
스무 살 코 앞까지
주판알을 튕기며 계산법을 배웠다

정교하게 잘 다듬은
꿈의 세상
매끄러운 중심축을 타고
하나 더하기 둘
둘 더하기 셋

예물 같은
수십 년 묵은 주판
손때 잃은 생기로
빽빽한 계산을 한다
넷 빼기 둘
둘 빼기 하나

이삿짐을 챙길 적마다
버림받은 자식이 되어

깊숙한 장롱 어디엔가
아우성 없는 소리를 깔고
유물로 누웠다

모기장 1

붉은 벽돌 사각 이를 맞추는 꼭짓점
고요한 여름밤 줄기를 단다
스파이더맨이 수십만 번 돌고 갔음직한
출렁거리는 그물망 네 귀를 잡고

바람이 집 잃은 먼지를 불러다
줄었다 늘렸다 숫자놀이 반복하고
열기로 수군거리던 낮달 숨구멍이
들락거리던 방충망 사이
'산화로' 주소지 길을 넓히고 있다

가을이 깊기까지
산 들 숲 이야기들 윙윙 걸어 들어와
붉은피톨 당도를 이야기하며
세포 등허리
소복소복 상처가 붉어

밤마다 가려운 세상일
담장 너머 쉬어가라 풀어놓고

끈적이는 인연 속 떠다니는
테 안 이란성 쌍둥이
촘촘히 얽어진 어린 기억들
모티브 코를 당긴다

모기장 2

너희들을 위한 아담한 집을 지었단다
머무를 곳이 없어
앵앵거리는 방황의 공간을 접겠니?

층간 소음도 염려 없고
사람들의 투정도
짜증스러운 불만도 존재하지 않는
성역은 이곳이란다

나름 주어진 시간
허황된 비행이 부르는
불시착의 종말은 찰싹!

밤이 이슥해지면
거구의 체격들
보금자리 차지하려
졸리운 눈을 비비고 있단다

새벽이 훤히 눈을 떠도

밖으로 나도는
모기들의 사춘기

갈대

피하려고만 하지 마라
험한 세상으로 오는 두려움

칼날 같이 호기로운
용기를 지니지 못한 채

꺾이지 않는 것이
마지막 남은
자존심이라 말하지 마라

한 번쯤 대쪽으로 쓰러져도
푸른 절개로 다시 설 것을

너는 아직도 바람을 탓한다

인생증명서

물에 물 탄 듯
술에 술 탄 듯
그저 그저
세월이 되어 흐르다가
생채기 아물어
굳을 나이 될 즈음
인생증명서를 발급하기로 했다

이래도 좋고
저래도 좋은
물렁한 삶에게
인생낙관을 찍으며

딱 부러지는 것이 아니라
똑 부러져야 한다고

애기는 예쁘다

집 앞
주차해 놓은 자동차
테러를 당했다

질펀하게 함부로 뿌린
오물 한 바가지

자식 같은 소중함이라
뼈 삭는 고통으로

쏟아부을
욕 두 바가지
공중으로 퍼 날리는데

전봇대 위
애기 까치
이리저리 종종거리며
애교를 떤다

실없이

웃고 마는

기분 좋은 세차

곡선을 타다

과제의 점들로 이어진 삶
한 줄기 선을 긋는다

마음먹은 대로
올곧진 않지만
수수깡 잣대
하나 세워 놓고

때로는 허술하게
때로는 서투르게
때로는 완벽한 척

한없이 구부러진 곡선이다

소음

여름
밤을 위하여
문을 열자

깨어 있는 모든 것들
더위를 향해
소리치고 있다

코로나에 지친 폭죽 소리
영역 싸움에 고양이 털 날리는 소리
분별력 없는 수탉의 홰치는 소리
뇌를 쪼아 대는 참새 소리
지칠 줄 모르는 모기 날갯짓 소리

가을이 오면
귀뚜라미 소리 들려올 수 있으려나
순서를 기다리는
아름다운 자연의 합주곡

온 밤이 하얗다

세월을 버리다

우리
단풍이 깊기 전
세월을 버리러 가자
오늘은 비선대로
내일은 송지호로

비켜 지나가는 오늘을
서둘러 잡아 놓고
웃고 떠들어
젖어 드는 스산함을
억지로 잠재워 보자

부는 가을바람이
시원스레 달고
황금빛 들녘이
눈시울 적셔도
호젓한 둘레길
떠들썩하도록 놀아 보자

눈치껏

이해를 용서 못 하던

세월 잊은

철없는 여인이 되어

폭염주의보

타는구나
뜨겁게 타오르는구나
여름 햇살이

목마름에 흐느적이던
꽃잎에 불을 놓아

피었다 지고
또다시 피는
저 연연함의 소망을 밟고

봄 여름 가을 겨울
경계를 잃은 꽃무덤

기다리라는 언약을
꽃말에 새겨 놓고

제 몸 태워
계절의 흔적이란다

2부

청호동의 여운

파도

어쩌자고
자꾸만 밀려오나
아프도록
하얗게 부서져도
오르지 못할
모래톱 언덕

끊임없이 몰아쳐도
한 발자욱
뒷걸음으로 멀어진
흔적만을 안고 가는
너는
바다의 풋사랑

여름나기

여름의 절정은 휴식을 위한
뜨거운 길을 찾는 것이다

더위를 한껏 먹은
늘어진 피로들이
잠 못 이루고 끈끈한 밤

작은 집에는
방학이라는 예약권을 거머쥔
손주들이 짐보따리를 풀었다

계곡의 물소리가 되었다가
부서지는 파도가 되었다가
모래알의 재잘거림
한 사나흘의 불편이
은근슬쩍 열흘로 길어졌다

후더운 하늘 아래
밀려드는 자동차 물결이 일렁이며

반나의 육신이 청춘으로 농익는 곳

산. 바다. 호수가 어우러진
내 인생의 축복으로 남을
속초!
네 탓이다

청호동

남자의 체취는
항시 비리다

비늘로 엮어 만든
갑옷을 걸치고
낚싯대를 낭창거리며
동해의 사대문을 지키는
파수꾼의 향기

물 밑을 어지럽히는
조무래기 조개
고소한 전어
매끈한 고등어
버티는 붕장어
손맛으로 평정하다

보릿고개엔
물미역 한 자루
둘러메는

바다를 향한
뜨거운 속앓이

남편은
아직
청호동이다

손님으로 오다

파도를 타고 밀려오듯
손님이 오신다

일 년에 두서너 번
끊어질 듯 이어지는
애틋한 혈육

시간이 흐를수록
느린 몸짓으로
이불을 정갈히 다듬고
베개를 다독이며
기다림이 익을 즈음
지난 기억들을 한아름 안고
반가움이 문을 연다

이삼일 묵어 갈
이야기보따리들이
풀어지는 밤
청결하게 꾸며 놓은

온기 가득한 방
도회지 손님
밤새 뒤척이다

눅눅히 배어 오는
갯비린내라고
에두르는 핑계에게

자꾸만
할머니 냄새가 난다고 한다

눈썹거상술

유행으로 번지는 나잇살 제거
적당한 시기라는 핑계를
수술대 위에 올렸다

굴곡진 삶
패이고 흘러
깊어진 눈가 주름

비워 본다고
덜어 낸다고
세월의 흔적 가벼울 리 없지만
행여 얼마쯤이라도 되돌아가
봄날로 살아진다면

못 볼 것 보지 말고
앞만 보라고 흐려진 시야
슬픈 희망을 품는다

낯선 듯 낯설지 않은

거울에 투영된 여인
자조적인 웃음을 흘리며
'너의 진실을 알고 있다'

할배와 미역

늦어 버렸다
갯배 물갈퀴 소리 들리는 청호동 앞
바다가 간직한 비밀을 알기에는

곰살스러운 사랑
오도 가도 못한 채
절반의 인연 딸이 떠난 뒤

갯바위에 하늘거리는 미역
잡초 보듯 잊고 산 세월

아직은 떠나보내지 못한
서운한 미련이 깊어도
둥글어진 딸의 배를 보며
흐물흐물
부드럽게 풀어지는 것이 좋다고

푸른 바다에서
녹아내린 오월의 사랑을 따는

할배의 마음에

자꾸만 미끌거리며 피어나는 웃음꽃

실종

내가 원하는 건 여자였다
세월이 약간 곰삭아
세상을 더러 곱씹을 줄 아는

친밀한 습관의 더듬이로
마음 가려운 곳 긁어 주고
아린 곳 다독여 주는
아직은 곁의 사랑

하루를 시간 나누어 살아도
이유 모를 궁금증
핸드폰 안에
너는 살았다

요행을 바라는
행운 뽑기 통화음
할머니! 안녕하세요?

멀어지는 인연 끈 하나

오늘도
딸의 목소리는 실종되었다

소라
— 딸을 시집보내며

억겁의 가을 이별
청실홍실 단풍 지고
소라 빈 껍데기
소녀의 조잘거림과
허물 벗던 고통이
메아리로 남는다

* 소라: 딸아이 이름

야광별

아득한 은하 물결의 마당귀
살그머니 손 우물에 퍼 담아
방 안 가득 흩뿌리고 있네

햇살이 스러지고
어둠이 열리는 시간
뉘이는 노독에 지친 한낮의 열망

하강하는 영혼의 빛
좁장한 눈동자 길을 걸어
마음 집 뜨락에 살포시
그리움으로 내리면

이 밤
뜨거운 기도
너의 꿈길 위에
맑고 고운 별빛으로 핀다

입영

이제 내 손을 놓아야 한다
아장거리던 걸음마 위에
배냇머리 솜털로 잘라 놓고

허물 벗는 굳건한 남자로
비상의 날개를 퍼덕이기에
저리도 청명한 가을 하늘은
푸르다 못해 아리다

주고 또 주어도 아깝지 않고
보고 또 보아도 사랑스러운
아들아!

가슴 열어 세상을 안고
끈기와 정열로 우정 다져
너와 내가 아닌
우리들로 하나 될 때

인생 여정에서

웃으며 이야기할 수 있는
가을 들녘에 핀
꽃다운 청춘이라고
크게 크게 외쳐보아라

곱슬머리

울 엄니 날 낳으시어
배냇머리
몽실몽실 검어질 때
꽃단장해 주셨네

쇠젓가락
연탄아궁이에 구워
앞 머리칼 옆 머리칼
배배 꼬아 지지시며
입버릇으로 하시던
어데 줄 것이 없어서

쇄골에 경계 그으며
분수 모른 꼽시랑머리
오십 년 정절은
오로지 쇼트커트

옆집 앞집
아줌시들 입술에서

멋으로 사는 반백
평생재산 곱슬머리

조개잡이

여름은 고요의 심장을 할퀴며
바다로 왔다

습한 열기
조개들의 느슨한 잠을 깨우고
평온한 수중 도시의
가려운 등을 긁기 시작했다

푸른 겉옷을 들썩이며
깊숙이 당겨 보는
팽팽한 줄

넘실대는 푸른 갯내음
추억을 들이키며
몇 가닥 긴
지난 계절의 이랑을 긋는다

벌겋게 지친 태양은
살갗 위에서 따가운 곡선을 타고

하루를 끌고 오던
촘촘한 그물망을 열면
바닷속 이야기
숨비 소리를 내며 비밀을 푼다

추억

청보리 익어 가는 계절
여명 속 뻐꾸기 울음소리
안개 되어 아스라이 퍼져 흐르면
보리 꽁대 숨어 있던 다섯 살 계집아이
설레는 가슴으로 내달릴 때

실개천엔 소시지 같은 부들이 피어나고
솔숲 워낭 소리
무당들 접신하는 두려움으로 살아난다

먼지바람 날리던 자갈길
키 작은 버드나무
향수를 안은 목신이 되고
참빗으로 곱게 빗어 쪽진
어머니의 청춘이 부풀어 오른다

해마다 6월이 되면
뻐꾸기는
기억의 단편들을

보리밭 이랑 사이에 풀어놓고
새로운 추억들을 쪼아 먹는다

양념 병

어깨를 나란히 기대고 선
투명한 세쌍둥이
젖은 손으로 비워 내고 채운 사랑
눈빛으로 속마음 읽지만

가끔씩
이리저리 뒤집고 흔들어 보는
아른거리는 남자의 시선
이름표 투정을 한다

하얗게
응어리진 고집의 결정은
비밀
혀끝으로 풀어 주지 않으면
양념(量念)만 풍성할 뿐

감치는 성질
뜨거운 사랑으로 녹이는
불편한 남자

돋보기 양념 병을 찾는다

동해

가끔씩 볼 때는
예쁜 줄 몰랐네

자주 들러 드는 정
사랑이
파랑으로 밀려와

아침저녁으로
보고픈
푸른 그리움

불멸의 이름
동해라 부르고
추억의 자리
바다라 이른다

3부

언저리의 따스함

단팥빵

웃다가 삐져나온 배꼽들
아침마다 납작 엎드려
꿈을 안고
맛나는 세상 이야기들로 뜨겁다

어린 시절 배고픈 가난
발길 잡던 그 빵집 앞
원 없이 먹을 수 있으리란
소원으로 탯줄을 자르기 시작했다

바지런한 새벽 눈물에 녹아
두들기고 엉키는 반죽되어
부풀다 주저앉고
부풀다 주저앉아도

타는 듯 180도 12분
비로소 온몸 도사리고 앉아
구수한 한숨 길게 뱉고 나니
툭 불거진 배꼽 하나
살맛으로 익는 중

노부(老婦)의 하루

삐딱하게 닳아 버린 뒤축과 함께
흔들리는 걸음이 온다
보자기로 감추고픈 푸석푸석한 얼굴엔
죽음의 그림자 드리운 채

젊은 날 한 송이
아름다운 꽃으로 피어
거센 비바람에 열매 맺지 못한
불청객이 되어

따뜻한 밥 한 그릇은
소멸하는 마음의 소망
마트 내 시식대는
초라한 밥상이 된다

내 조금은 늦은
아직 가보지 못한 인생의 황혼
소외의 외로움 절절하게 알지 못하여도
불현듯 소식 궁금해지는 날

서러운 눈물 머금은

천상의 꽃이 될 적

머지않은 훗날의 나를 위해

진정한 가슴으로 울어 주리라

빈 병 일기

대형마트 하역장
흥정도 투정도 허락하지 않는
빈 용기 무인회수기 두 대가 나란히 섰다

오전 열 시
열과 행을 맞춰
빈 병들의 사열식이 시작되고
1에서 30까지 제 몫의 셈
사원의 구령으로 끝이 나던
어제 같은 어느 날

비어 버린 가슴을 향해
세상의 정 속만 쓰리다고
푸념에도 냉정하기만 하다

라일락 향기 날리던 봄 그늘 아래
처절한 기다림은 짧을수록 좋다더라
뜨거운 여름날
자전거 페달에 목매어

깨어질까 조바심에 울어대는
휘파람도 조금만 아프다더라

아무리 마셔도
취하지 않고
아무리 마셔도
잠들지 못하는
빈 병들의 어지러운 세상
실업자 하나 늘었다

최저임금 1

너무 헐렁한 바지를 샀나 보다
데칼코마니의 하루를 그리며
늘어날 통장의 인치를 쟀다
신축성 없이
빛바랜 일자바지를 벗기 위해
소비 운동도 줄여 가며
나이 들수록 허기지는
뱃살과 허리 사이즈를 늘리기로 했다

본능만이 살아내는
삼겹살도 먹어 보고
매운 고추도 먹어 보고
풋내 나는 쓴맛
눈물과 함께 억지로 삼켰다

야금야금 세월을 숙성시키며
통통해질 것만 같던
허리의 꿈을 향해
근로 시간 단축이라는 허리띠가 조였다

더 이상 늘어나지 않는
52kg 몸무게를 걱정하며
헐렁하여 빙빙 겉도는
세상의 사이즈를 읽는다

최저임금 2

임금이 올랐다
삼 년의 시공을 뛰어야 보이는 곳에
만 원이라는 최저가 달콤하였다

떠밀리듯 걷는 외길
바지런한 일개미들의 땀
온몸으로 젖어 들고
등에 업은 물가는
자꾸만 무거워진다

내려놓은 마음
물웅덩이가 생기고 자갈길로 변해가면서
알던 얼굴들이 하나, 둘 보이지 않고
보너스 같던 수당들이 줄고
원하지 않는 여가 시간만 늘어나더니

팔다리 뭉텅 잘려 나간 몸뚱이로
고단한 하루 분, 초를 쪼개며
허공의 환상으로 사라지는

후한 인심과 희망을 보았다

실업급여가 최고이고
자영업 수가 최고이고
꿈이 최저인 나라

가질 것이 없어서
현재가 제일 행복하다는 젊은이들
독식한 최고의 배부름은
최저의 눈물인 것을

봄밤의 비밀

대형마트 마감 시간 하역장 한구석
노란 봉지들이 탑돌이를 하고 있다
뭉텅뭉텅 가위질당한
하루살이들의 서운한 생명을 담고

판매의 부실이 낳은 위장은 포화
게워낼 듯 고통스레 뒹구는
음식물 봉투의 주둥아리

비싸다며 불평을 만지작거리던 노인의 소원
흐릿한 눈동자 슬픔이 갇히고
선택 없는 배를 채우는
아이들의 허기 소외된 채

사칙은 늦은 밤마다
식단에 오르지 못한 먹거리들
낱낱의 옷을 벗기고
부끄러운 낯빛은 노란 이불 속으로 숨는다

안타까운 마음으로 솎아내는 것도
서글픈 도둑질이 된다지만
피었다 지는 꽃잎 같은 아쉬움이 더해

질책이 붉게 물들지 모를 내일이 초조해도
포장된 채 방긋한 빵들
무심한 가로등 불빛 외진 곳에
슬그머니 내려놓고 돌아설 때
사월의 바람은 차갑도록
하늘 가슴으로 이팝을 날리고 있다

죄를 짓다

TV 뉴스의 한 장면이다
병든 젊은 아버지와 10살 난 아들
사흘을 굶다
동네 편의점에서 현대판 장 발장이 되었다

매정한 CCTV의 따가운 눈총
경찰서에 신고를 하자
흐느끼며 선처를 호소한다

담당 경찰관이 차려 준
밥상이 정으로 따뜻해질 때
창문 너머로 지켜보던 의인
돈이 든 봉투를 건네고
마치 자신이 죄인인 냥
한사코 뿌리치며 도망가는데

대형마트에 근무하는 나는
유통기한이라는 올가미로 묶어
음식물 쓰레기통

배 속을 채우는 날들이 많아
날마다 죄를 짓는다

계약직

늘어난다
55에서 60으로
가위질 한 번에 뚝 끊어질
탄성 잃은 새까만 고무줄 계약직 정년

베이비 부머 물결이 넘치고
힘든 일을 거부하는 젊음이
미련 거두며 떠나간 자리

45센티 둥그런 원판 위
10분의 화기를 고스란히 받아낸 피자
희망이 꿈꾸는 노후를 얹고
열 손가락 정성이 눌러 주는 12조각

고맙습니다 감사합니다 소스 두 개 추가
화부의 기억에서 가물가물 지워질 즈음
쥐 파먹은 듯
구멍이 뻥 뚫려 되돌아온 피자 한 덩이
주둥아리 묶인 비닐봉지 속은 이슬로 촉촉이 젖고

뜯겨진 심장을 두고
시급 5,580원이 부르는
죄송합니다 노래가 메아리친다

가상화폐(암호화폐)

연애를 시작했다
남들이 알까 조바심 내며

비상금 같은 행운을 털어서
이삼십 대의 코드를 코웃음 치며
더 늦기 전에 화끈하게 던지고 싶었다

간절하게 쏟아부은 정성
거두기에는 늦은 후회
24시간 스마트폰이 되어
마음이 달아오르고
초조함이 하루가 되었다

흔들리는 마음에게
붉은 이벤트라도 올까
푸른 이별의 시간이 올까
희망과 절망은
오르락내리락
하루 종일 진심을 담아

가즈아~~

달콤함은 꿈이니
불변의 희소성이니
가끔씩 구설수에 오르더니
뜨거운 사랑의 결말
반토막이다

어떤 질문

어떤 것이 가장 맛있습니까?
어떤 것이 가장 좋아요?
어떤 것이 가장 예뻐요?
어떤 것이 가장 비싸요?
어떤 것이 가장 잘 어울릴까요?

자신에게 먼저 물어보라
어떤 것이 가장 친밀한지

4부

꿈꾸는 나비가 되어

인연은 그렇게 멀어지는가

초저녁잠이 깊어지면서
이른 새벽이 훌훌 자리를 텁니다

바삐 지나온 세월이
잠시 미안한 듯
이부자리 속에서 차분히 잠을 자고
별일 없는 생각들로 꼬리를 무는 시간
머언 기억과 가까운 기억들이
와르르 마음으로 쏟아집니다

곁을 주지 않은 사람들과
곁을 주지 못한 사람들과
곁을 나누어 가진 사람들의
아침이 궁금해집니다

소식 모르는 친구들
가벼이 스쳐 간 인연
사랑했던 사람들이 그리워져

한 번쯤이라도
안부를 전할 수 없는 곁을
끌어안으며 물어봅니다

인연은 그렇게 멀어지는가

초겨울 마음

너의 마음이 궁금해
해마다 헤아리다

묘연히 넘어가는
계절 마디로
숨기고 간 대답

이름 없는 헛헛함이
해거름 위
덧살로 돋아나

오늘도
여미는 문살 사이로
냉랭한 모습
거리에 서 있고

쪽 창문을
사이에 두고
나를 가둔 채
네가 아리송하다

어느 비 오는 날의 풍경

오월의 신록이 바쁜 나절
비상등을 켠 자동차들
은행 문턱에서 긴 한숨을 뿜어대고 있다

참혹한 역병을 씻어 내릴 듯
비바람이 거세게 몰아치는 거리
철없는 장미
붉은빛으로 피어
잠시 쉬어 가잔다

어디로 가야 하나
무작정 빗속을 내딛는
사람, 사람들

찢어질 듯 휘날리는 우산 속
흔들리는 일상을 부여잡고
젖어 드는 발부리 한가득
무거운 마음

종종거리며 드나드는

긴 줄

‘긴급재난기금 지원신청소’

반란

꽃대가 솟았다

빈집
허물어진 발자국 소리 거름이 되어
공허가 자라는 터

반신의 호미질로 풀꽃을 메고
쇠똥밭에 파종을 했다

여름 햇살이 기척 없이 지날까
조바심 나는데
하나씩 툭, 툭 몸을 틀며
푸른 잎으로 계절을 부른다

고양이 밤마실에 놀라
비척거리던
가장 키 작고 여린 너
이슬 눈물 거두고
바람을 곁에 앉히고

밤사이
첫 꽃 피운
암팡진 옥수숫대 하나

청호동 바라기꽃

명절 저녁때가 되면
청호동 집집마다
목이 길어지는
바라기꽃이 피어난다

비린 유년 시절을
푸른 파도 위에 벗어 놓고
갈망의 도시로
빈 바람으로 떠돌다가
서둘러 닿는 고향

저무는 햇살 따라
담장 넘어 골목을 따라 나앉는
그렁그렁한 눈빛들
먼 기척이 일면
집어등 불빛 가슴을 태우는
아바이 마을

희미해지는 기억을 붙잡고

밤새워
지난 사랑을 도란도란 속삭일까
깊어지던 기다림은
어머님이 지워내시던 또 하루

비워도 비워도 차오르는 정
차마 아쉬워
아직도 버리지 못하고 가실 적
갯배에게 마지막
자식 안부를 묻는 바라기꽃

여름밤

문을 활짝 열어젖힌 계절입니다
밤새 누군가가 창문 너머로
자꾸만 기웃거립니다
잠결에 낯선 시선이 어색하여
마주 보며
살짝 웃어 보입니다

잠시 장맛비 그친 하늘로
부드럽게 흐르는 구름과
쭈욱 뻗어 자란 향나무와
바람결에 살랑대는 복숭아나무에게
들키고 만 속살이
못내 부끄러운 밤입니다

빗물과 입술

여름은 장마라는 이름으로 비를 버렸다
낮을 놓고 돌아서는 걸음 아래
하나 둘 도드라지는 거뭇거뭇한 입술들
아귀 맞춘 보도블록 경계 위에서
침묵의 상처들로 발길에 채인다

바라보고 누운 하늘 시치미를 뗀다

살아나는 아우성을 짓눌러
가슴에 담은 수많은 언어들의 생명들
속으로 속으로 삼킨 축축함으로
땅속 깊이 사무치며 스민다

놓아 버리지 못한 그리움
갈망의 몸부림으로
밤새 소리 없는 증발의 춤을 추다
빛살 한 줄기 희망의 가닥을 쥐고
또다시 하얀 인내의 길을 내며
입술의 흔적을 지운다

가을 개나리

은행나무 잎 뒹구는
보도블록 위로
발걸음이 총총하다

가을의 마지막 연인이 고하는
이별의 아픔이야
퀭한 눈빛으로 떨구는
기약의 아름다운 눈물이라
쓸쓸함이 사치스러운 아침

지나는 길목
어렴풋한 가을 개나리가
저쯤에서 날 불러
반가움에 웃음이라도 흘릴 냥
마음 설레어 다가서니
가을 개나리

스러져가는 가을빛 위에
봄날의 신기루

바스라질 듯 비틀린 잎새로
유혹의 말들을 쏟아내고 있었다

잃어가는 원초색
기억 속에서 더듬다가
난방스런 다초점 안경이
서투르게 그린 가을 풍경에
입가에 머무는 헛웃음

개복숭아 나무

언제부터인가
미련한 눈치 틈새로
보름 달빛의 차가운 낭만이
창가에서 떠나고
시든 꽃기린 위에서 겉돌던
태양 빛은 앞 베란다를 망각한다

십수 년
허물어져 가는 낮은 벽돌담 너머
제멋대로 웃자란
개복숭아 나무의 오만
해와 달의 빛을 잘라 먹고
푸른 하늘가 일렁이는
숲의 노래조차 들리지 않으니
가지를 칠까 밑동을 자를까
깊은 생각에 젖는다

아! 말라빠진 삭정이 같은
겨울의 두께를 깨고

진한 핑크빛 꽃망울로
너는 다시 오리니

미련의 여운을 가을 깊도록 떨치지 못해
애초러히 벌거벗은 네 몸뚱아린
오늘도 흐린 판단력
생각의 칼날 속에서
춤추고 있다

그 골목집

살풋한 안개 흐르는 고요한 아침
꿈틀대는 자유로움의 갈망 아래
부표 같은 출근길
안식의 다향이 흐르던 느긋한 골목길
끊어진 인연으로 지난다

세상을 향한
기쁨 사랑 희망
남겨진 파란 성경책 안으로
또다시 움츠려 똬리 틀고

어지러운 세상 빛나는
별이 되자던 시심의 맹약은
마음을 파고드는 얼음가시 되어
시를 키우던 남새밭은
푸름이 아직 멀기만 한데

눈길 머물다 서운히 거두는
낯선 듯

덩구마니 빈 골목길에
아직도 웃고 선
떠나고 없는 그대

5부

설악의 바람이 머무는 곳

미시령에 서서

굽이진 옛길
가슴을 지나던 시간
밟혀 오는데

아슬히 오르던 젊은
나무 계단 허공 위에서
흩어진 낭만을 붙잡고

눈보라 이는 겨울밤
능선 타는 바람
홀로여서 외로워라

품에 안기던 자식은
떠나기 위한
오늘을 이야기하는데

안개 눈물 너머
영원히 품어 갈
자식 하나
속초

별이 빛나는 밤에

조금은
나지막이 내리면 좋겠어
너무 먼 나라의 이야기들

도란도란 밤을 풀어놓은
청호동 잔물결 위로
화폭의 그림 한 점
가로등 불빛 따라 일렁이고

바다의 가슴은
매양 외로움을 다독이지만

가난한 백사장의 상처 난 등을
부드러운 파도의 손길로
토닥이는 밤

내 마음을 울리는
'별이 빛나는 밤에'
내 마음이 올리는

노란 해바라기 한 다발
빈센트 반 고흐가 머무는
어느 작은 별에
안부를 묻는다

*〈별이 빛나는 밤에〉 시그널 뮤직

다시 찾아 든 청호동

밤새워 파도가
불 꺼진 처마 밑을 서성이며
거칠게 청호동을 깨운다

겨울을 수북이 담아
기다리던 명태와 오징어가
밤을 낮 삼아
슬레이트 지붕 아래 빨랫줄을 안고
꾸덕꾸덕 몸 말리던
비린 향수여!

아마이들 넋두리 풀던 동네 미장원
드문드문 문을 열고
도시바람이 분 바다에도
삼치를 따라
은빛 지느러미 너울거리는
갈치가 이사를 온 저녁

고향 그리워

울산바위 옆모습 바라보며

한숨짓던 어머님

속마음 깊이 푼 푸른 심장으로

날이 밝도록

울고 계신다

등대가 있는 정원

어머님이 물려주신
자그마한 터에
따개비 집을 지었다

그리움의 물빛을 안은 자식들
도시로 떠나보내고
두 내외
소꿉장난 저녁밥이 든든하면
여름을 앞서거니 뒤서거니 맞는다

겨우 내내 걸어 두었던
설악산 푸른 담장을 열고
출렁이는 오솔길을 거닐어
다다른 하얀 끝점

바다의 심장소리 지나는
청호동을 향해
속초의 나비가 날아오르고
꽃들이 향기를 담아 든다

기대고 누운 하얀 얼굴이
내리는 어둠에 사위어 가고
푸른 풀잎을 스쳐 온 바람
물비린내가 짙어질 때
바다 정원에 내리는
별빛이 깊어간다

스르르 잠들고 싶은
여름밤 작은 등대 하나

봄

무소 한 마리
백두대간 툭 불거진 힘살
설악의 겨울을 난다

날 선 잔등
하얀 설원을 지우며
동해를 향해 뿔을 세울 때

훅!
내뿜는 쑥 향기 단김에
봄으로 젖어 내리는
속초

설악산

산아!

너 술 마셨니?

나도 너처럼 취했다

모래알 경계

너와 나 사이에
험상스레 드리워져 있는
저 콘크리트 담장이
잘게 부서져 모래가 되어
햇볕에 반짝이는 모래알이 되어
우리들의 경계가 된다면

그 모래 위에
예쁜 사탕 바구니 놓아두고
오고 가다 경계에서 만나면
달콤한 사랑 서로 나누면서
모래 담장 너머 하늘을
함께 이야기할 수 있다면

울산바위

만월만이 여인의 가슴이랴
동해에 솟구치는 풍만한 해오름
노란 치마저고리 바다에 벗어 놓고
둥근 이마 가다듬어
실눈 짓는 그대에게 보이나니

돌부처도 돌아앉는 사랑 이야기
별빛 달빛 흔적 따윈 지워 버리고
명경 같은 가슴팍에 파고들어도
장부의 무게로 버티고 앉아
눈 감고 귀 막은 그대여

설악의 종아리가 훤히 보일 때까지
마주 보는 한낮
그 진중한 침묵의 입술에
햇살 담은 붉은 립스틱
홀로 찍는 입맞춤을 보내리

장미

누가 심었는지
궁금해하지 마세요
언제 뿌리 내렸는지
물어보지 마세요

가슴 데이던 붉은 빛으로 타다
추억으로 지고 나니
허공을 찌르는 가시가
우두둑 아프네요

해마다 오월이 오면
슬그머니 멀어진
첫사랑 상처가, 핏빛으로
피었으면 좋겠네요

구월

묘한 인연이다

동여맨 완숙의 가을 보따리
나그네의 체취로 온다

심중의 문턱을 넘는 발자국

바스락
눈물 밟히는 소리가 난다

백두산

어린 꿈을 키우던 뿌리를 찾아
머나먼 이국으로 돌아드는 길
투박한 조선족의 말투는
옛정 그리운 어머님이 계신가

잔잔한 운해 감아 도는 백두
물결 흐르다 멎으면
하늘 허공 속 봉우리 섬이 솟아나고
명산의 위엄
굽이진 길목 매서운 호령으로 반긴다

깎은 듯 바람길 매끄러운 능선
요동치며 오르는 길
차창의 경계 너머
제 몫 진 자리에서
이름조차 묻지 못한 흐드러진 야생화
뜨겁도록 붉은 정 송이송이 피었건만

사슬 되어 얽어맨

길게 늘어선 인간 띠
낯선 타국의 입김만 뜨거워

백두산 천지
깊은 역사를 품고
맑은 물비늘 반가이 일렁일 때
대한 여의주를 입에 문 용 한 마리
슬픈 눈을 들어
푸른 하늘을 향해 울부짖고 있다

곰배령

간밤을 적시던 사랑의 눈물아
하늘을 향해 굳어 버린
심장을 두드려
봄을 일깨워다오

아득하여 그리운 그대의 눈빛
연둣빛 햇살로 스미면
초침령 소식을 안고 온 살랑바람
우듬지 처녀 가슴 봉긋이 세우는데

피 맺힌
노란 피나물 절규로 흐드러질 때
홀아비바람꽃 창백한 고개 숙이니
얼레지는 숨어 본 산신이라네
자식을 품은 이무기
깊은 풀섶에 숨어들어
지키고픈 사랑을 안고
천남성으로 피었다 지고

속새로 향불 피워
슬픈 넋을 달래던 뜨락에
계절마다 자식 꽃이 피어나니
멧돼지 밤길을 연 취기에
산허리 부서져 내린다

대청봉 점봉산 빙긋한 웃음
능선으로 붉게 번지면
적요는 강선리 삽짝을 걸고
못다 이룬 옛사랑의 전설이
애기나리의 긴 밤 위로 흐른다

청대산을 오르며

지나쳐 간 흔적들은 불규칙적으로 다듬어진
흙 계단만이 아는 비밀일 것이다
선뜻 가슴 열지 않는 장맛비
지렁이처럼 꿈틀대는 밤꽃의 주검 위로
지난 밤 수줍게 젖어 내렸나 보다

한 잔 술에 거나하게 취한 술패랭이꽃
산발한 머리오리로 반기고
교태 어린 수줍은 타래난초 여인
푸른 하늘빛을 뾰족한 시기심으로
찌를 듯 솟구치며
게으른 산행의 무심함을 홀리고 있다

한계를 정하지 못한 목표의 꼭짓점
내 발길 머물러 주춤이는 곳이지만
아담한 정자 지어 놓고
흔히 정상이라 부르는 곳까지
되돌리고 싶은 허물어지는 인내력
결심의 발자국 포개고 포개 땀으로 오른다

구름 살짝 비킨 하늘 아래

하늘 바다 수평선 위에 동해가 잠기고

개미집처럼 조물조물 드나들던 속초 전경

녹음 짙은 여름 마음에 담고 돌아설 적

풀섶 헤치고 나온 까치독사 한 마리

소꿉장난 같은 내 삶의 틈을 엿본다

| 해설

물결 조외순 시인 문학 엿보기

성재경(겨레시인)

| 해설

물결 조외순 시인 문학 엿보기

성재경(겨레시인)

Ⅰ. 들어가는 말

내가 물결 조 시인을 만난 것은 설악산 비선대 오름길이었다. 첫인상이 금강굴 산자락 산죽 같다고 할까 아니면 울산바위 날아내리는 산새 같다고 할까? 속세에 담겨 있으면서도 설악산을 바라보고 있을 것 같았다.

이마트 빵집에서 근무한다고 했다. 빵은 많이 먹겠지만 빵만으로는 해결되지 못하는 무엇인가 있을 거야… 다음날 건네받은 주소로 내 시집을 보냈다. 잊어버렸는데 한 달 뒤에 연락이 왔다. 대뜸 시를 배우고 시를 쓰고 싶다고 했다. 그렇지, 많은 사람들이 빵을 찾아다니며 인생의 빵집을 기웃거리지만, 견딜 수 없는 외로움이 있고, 가 보고 싶은 길이 있고, 자신을 돌아보고 싶은 때가 있듯이, 늘 가슴에서 달랑거리는 문학소녀의 꿈이 불혹을 넘어 지천명에 이르면

더욱 시퍼렇게 살아나겠지. 나는 허락의 조건으로 두 가지를 주문했다.

첫째 너는 이제부터 사람이 아니고 시인이다. 즉 사람처럼 생각하지 말고 시인처럼 생각해야 한다.

둘째 너는 그냥 아줌마가 아니고 선생님이다. 신분이 바뀌는 이유는 좀 더 고독하고 좀 더 고뇌하고 좀 더 고민해야 하기 때문이다. 다시 말하면 삶의 품격이 고상하게 바뀌어야 한다.

그렇게 나는 시를 찾아 떠돌던 유랑 길에서 속초를 쓰고 설악을 쓰고 청호동 아바이를 쓰는 제자 시인을 만났다.

1년 뒤 나는 유랑의 버릇을 버리지 못하고, 일주일이면 두 번씩 오르던 대청마루와 산과 바다와 호수의 도시 속초를 떠났지만, 물결 조 시인은 《순수문학》으로 등단하고 속초 문학인 동아리인 '갈뫼' 회원으로 갈고 닦으며 마침내 첫 시집을 상재하게 되었다.

늦었지만 늦은 만큼 더 절실하게 축하하고 제2시집으로 바로 연결되기를 바란다.

2. 하나둘씩 풀어가며

물결 조외순 시인의 시는 한 마디로 물결처럼 곱다. 그러나 그 고움이 외모만을 말하는 것이 아니다. 눈물겹게 돌아보는 내면세계가 훨씬 곱고 단단하다.

먼저 시 한 단락을 살펴보자.

(전략)

거두어 가지 않은 쓰레기들

갯바위 틈 사이에서 은밀하게

제 몸을 조금씩 조금씩 바스대다

찰싹찰싹 파도의 넉살에

넓고 깊은 바다로 흘러든 부끄러움들

생선 밥이 되고 갈매기 생명줄 되어

바다가 아프기 시작했다

밥상 위에

플라스틱 생선 한 마리 올랐다

—시 「회귀」의 끝부분

요즘 세상은 쓰레기와 전쟁 중이다. 산, 강, 바다 할 것 없이 쓰레기가 넘쳐나고 언젠가 우리는 쓰레기를 먹고 쓰레기 더미에서 살다가 쓰레기 무덤에 묻혀야 할지도 모른다.

시를 쓴다는 것은 어찌 되었든 신변잡기를 시로 승화시키는 작업일 것이다. 자기가 경험하고 체험한 기억이나 현실을 미래라는 그릇에 담아 끓이고 익혀내는 과정에서 가능하면 홍익인간의 정신을 살리고 더 나아가 산교육의 정수가 된다면 시의 역할이 충분히 아름답다 할 것이다.

물결 조 시인의 사고 천착이 우리의 부끄러움을 주지적으로 표출하고 있다. 우리의 밥상 위에 올라온 것은 향기롭고 살진 물고기가 아니고 쓰레기를 먹고 잡혀 온 플라스틱 생선인 것이다. 시인의 아픔은 바다의 아픔이 되고 우리의 아픔이 되어 뼈아픈 경고를 주고 있는 것이다.

다른 시 한 편을 보자.

피하려고만 하지 마라
험한 세상으로 오는 두려움

칼날같이 호기로운
용기를 지니지 못한 채

꺾이지 않는 것이
마지막 남은
자존심이라 말하지 마라

한 번쯤 대쪽으로 쓰러져도
푸른 절개로 다시 설 것을

너는 아직도 바람을 탓한다

—시 「갈대」 전문

늦가을 강가에서 갈대를 보는 즐거움은 낭만 여행의 1번지일 것이다. 그런 갈대에 많은 사람들은 철학을 담고 노랫말을 짓고 시를 쓰고 그림을 그려 낸다. 꺾일지언정 드러눕지 않는 갈대는 자존심이요 절개의 상징이라 하겠지만 그

것을 남의 탓으로만 돌려서는 안 되는 것이다. 내가 그렇게 생겨먹고 나의 자존감과 성질이 대쪽 같아서 꺾이는 것이지 바람 탓만은 아닌 것이다.

'나의 문제는 나 때문'이라는 결론은 대승의 진리이다. '내 탓이오'와 '네 탓이오'는 엄청난 차이가 있을 것이다.

조 시인은 갈대를 바라보며 세상 사람들의 심경을 헤아리고 자기 자신을 돌아보는 내면의 길을 찾는다. 그것이 시인의 눈인 것이다.

지금까지의 시가 내면의 흐름을 강조한 주지적인 시라면 그냥 읽기만 해도 가슴으로 다가오는 서정 짙은 시 한 편을 만나보자.

간밤을 적시던 사랑의 눈물아
하늘을 향해 굳어 버린
심장을 두드려
봄을 일깨워다오

아득하여 그리운 그대의 눈빛
연둣빛 햇살로 스미면
초침령 소식을 안고 온 살랑바람
우듬지 처녀 가슴 봉긋이 세우는데

피 맺힌

노란 피나물 절규로 흐드러질 때
홀아비바람꽃 창백한 고개 숙이니
얼레지는 숨어 본 산신이라네
자식을 품은 이무기
깊은 풀 섶에 숨어들어
지키고픈 사랑을 안고
천남성으로 피었다 지고

속새로 향불 피워
슬픈 넋을 달래던 뜨락에
계절마다 자식 꽃이 피어나니
멧돼지 밤길을 연 취기에
산허리 부서져 내린다

대청봉 점봉산 빙긋한 웃음
능선으로 붉게 번지면
적요는 강선리 삽짝을 걸고
못다 이룬 옛사랑의 전설이
애기나리의 긴 밤 위로 흐른다

―시 「곰배령」 전문

지자요산 현자요수(知者樂山 賢者樂水)라 했던가? 시인이 산을 찾고 물을 찾는 것은 하나도 이상한 일이 아니다. 물결조 시인은 천혜의 고장에 살고 있다. 백두대간의 명산 설악이 있고 파도가 넘치는 동해와 그림 같은 호수 영랑과 청초가 있는 속초에 살고 있기에 버스 한 코스 도보 몇 걸음이면 절경과 맞닿는다. 그중에서도 설악의 사계는 매력덩어리로 시시때때 둘러보는 정원인 셈이다.

곰배령도 설악의 줄기인 점봉산자락에 있는 남한에서 진부령 미시령 한계령 다음으로 4번째 고개인데 곰이 하늘 보고 배를 드러냈다 해서 얻은 지명이다. 곰배령에는 기화이초(奇花異草)가 많은데 이 시에도 잘 나타나고 있다. 홀아비바람꽃, 얼레지, 천남성, 속새, 애기나리… 따라서 좋은 시인이 되려면 만물박사 사촌쯤은 돼야 한다는 것이 내 지론이다. 꽃 이름, 새 이름, 나무 이름, 별 이름 등 사물의 이름도 알아야 하고 신화, 전설, 설화 등도 충분한 귀동냥이 되어 있어야 한다는 것은 나만의 욕심이 아닐 것이다.

다른 짧은 시를 보자.

억겁의 가을 이별
청실홍실 단풍 지고
소라 빈껍데기
소녀의 조잘거림과
허물 벗던 고통이
메아리로 남는다

—시 「소라」 전문

이 시에는 '딸을 시집보내며'라는 부제가 붙어 있다. 내가 결혼식의 주례를 보았는데 예쁜 딸의 이름이 소라였든 걸로 기억한다.

내가 알고 있는 우리나라 여류시인들 대부분이 아니 남자 시인들도 마찬가지지만 딸에 관한 시는 누구나 한두 편씩 갖고 있다. 엄마와 딸 또는 아버지와 아들… 시의 소재로 가져오는데 제일 아리고 아픈 부분일 것이다. 가장 큰 축복도 담고 글이 조금은 어색해져도 은유보다는 사실이 불거지는 어쩔 수 없는 부모의 마음일 것이다. 이 시에서는 '청실홍실 단풍'과 '소라 빈껍데기'가 묘한 절구를 이룬다. 화려한 형식의 끝에는 아련한 슬픔을 넘어 체념에 가까운 모성애가 휘돌아 치고 있다. 알맹이가 빠져나간 소라껍데기는 고통스런 세상을 헤쳐 나가는, 인고의 울타리에 버려지는 안타까움이, 딸을 시집보내는 엄마의 가슴일 것이고 그것은 행복을 염원하는 또 다른 기도가 될 것이다.

시는 필요에 따라서 긴 장문의 시도 있고 짧은 단문의 시도 있다.

이 시는 짧은 시에 넉넉한 메시지를 품고 있는데 좀 더 긴 시를 감상해 보자.

만월만이 여인의 가슴이랴
동해에 솟구치는 풍만한 해오름
노란 치마저고리 바다에 벗어 놓고
둥근 이마 가다듬어

실눈 짓는 그대에게 보이나니

돌부처도 돌아앉는 사랑 이야기
별빛 달빛 흔적 따윈 지워 버리고
명경 같은 가슴팍에 파고들어도
장부의 무게로 버티고 앉아
눈 감고 귀 막은 그대여

설악의 종아리가 훤히 보일 때까지
마주 보는 한낮
그 진중한 침묵의 입술에
햇살 담은 붉은 립스틱
홀로 찍는 입맞춤을 보내리

—시 「울산바위」 전문

속초 시내에서 북서쪽을 바라보면 산꼭대기부터 중턱까지 펼쳐진 치마처럼 흘러내린 바위가 보이는데 바로 울산바위다. 물결 조 시인은 출퇴근길에 울산바위를 바라보면서 걸었을 것이다.

반대로 울산바위에서 보면 속초 시내가 한눈에 보이고 파도가 몰려오는 바닷가나 호수 포구들이 보여질 것이다. 시인이 울산바위를 힐끗거리면 울산바위도 시인을 힐끗힐끗 쳐다볼 것이고 시인이 고개를 돌리면 울산바위도 딴 곳을 바라보리라. 시인의 눈에 울산바위는 어느덧 장부의 무게로 다가오고 시인은 붉은 립스틱을 들고 덤벼드는 것이다. 석양 같으면 절로 립스틱이 찍혀져서 표시가 나지 않기에 홀로 입맞춤을 보내려면 한낮이 필요하고 햇살이 필요한 것이다.

속초와 울산바위가 결코 뗄 수 없는 문경지교(刎頸之交)라면 시인과 울산바위는 사랑하는 연인이 되는 것이다.

아주 짧은 시 한 편을 보자.

산아!

너 술 마셨니?

나도 너처럼 취했다

—시 「설악산」 전문

달랑 세줄 밖에 안 되고 느낌표, 물음표를 포함하여 17자밖에 안 되는 시지만 내용이 짧은 시는 아니다. 이 시의 배경은 나타나 있지 않다. 계절도 없고 날씨도 없다. 대청봉, 중청, 소청, 끝청, 귀때기청봉 어딘지도 모르고, 오색으로 오르는지 백담사에서 오세암, 봉정암을 지나 오르는지 설악동에서 귀면암, 양폭산장, 회운각을 거쳐 오르는지 알 수가 없다. 다짜고짜 술 마셨냐고 묻고 나도 취했다고 하면 단풍철일 수도 있겠다.

언젠가 나도 설악 단풍 길을 내려오니 매점 아줌마가 술 마셨느냐고 왜 그리 얼굴이 붉느냐고 물었다. 단풍이 사진보다 더 붉게 물들면 사람들은 너나없이 취하게 된다.

아니면 비가 억수로 내리는 날일 수도 있겠다. 설악산은 비가 내리면 갑자기 천장에서 쏟아내듯 토왕성폭포가 흘러내리고 대승폭포, 여인폭포 심지어 천당폭포까지 날개를 쳐서 우렁우렁 산이 울고 흔들리는 것이 꼭 술 취한 모습으로 다가오기 때문이다.

안개에 싸여도 눈에 하얗게 덮여도 설악은 술 취해 보이고 속초 사람들도 술 한잔 걸친 것처럼 보여지기 일쑤였다. 시인의 눈으로 자칫 잘못 보면 설악산은 주정뱅이인 것이다.

이제 끝으로 상주하면서 애잔한 시선으로 써 내려간 시를 감상해 보자.

명절 저녁때가 되면
청호동 집집마다
목이 길어지는
바라기꽃이 피어난다

비린 유년 시절을
푸른 파도 위에 벗어 놓고
갈망의 도시로
빈 바람으로 떠돌다가
서둘러 닿는 고향

저무는 햇살 따라
담장 넘어 골목을 따라 나앉는
그렁그렁한 눈빛들
먼 기척이 일면
집어등 불빛 가슴을 태우는
아바이 마을

희미해지는 기억을 붙잡고
밤새워
지난 사랑을 도란도란 속삭일까
깊어지던 기다림은
어머님이 지워내시던 또 하루

비워도 비워도 차오르는 정
차마 아쉬워
아직도 버리지 못하고 가실 적
갯배에게 마지막
자식 안부를 묻는 바라기꽃

—「청호동 바라기꽃」 전문

물결 조외순 시인은 왜 청호동에서 시어머니와 동병상련의 바라기꽃으로 피어야만 했을까? 그것은 희망을 말하고 싶었을 것이다.

동족상쟁의 비극 한국전쟁이 끝나고 자유가 없는 북쪽으로는 갈 수가 없고 그렇다고 고향과 인척들을 버릴 수도 없고, 마음은 가고 몸은 고향 가까운 속초에 남아서 그들은 오늘도 바라기꽃으로 피어나는 것이다. 청호동 아바이마을에서 갯배를 젓고 오징어순대를 삶고 도루묵을 손질해도 북녘에 남아 있는 가족과 친지를 그리워하는 것이다.

죽기 전에 만날 수 있을까? 몸은 벌써 호호백발로 늙어가는데 명절이 돌아오면 동해를 헤엄쳐서라도 가고 싶은 고향이 눈물 속에 어려서 가슴이 저려오는 것이다.

손바닥, 발바닥에도 냉기가 돌고 얼굴엔 검버섯 피어나도 그리운 부모형제로 향한 애틋한 정. 오늘도 흐려오는 눈으로 피우는 꽃이 바라기꽃이기에 시인의 눈도 하얗게 바래지는 것이다.

아, 통일이 된다면 청호동 아바이마을 사람들은 모든 것을 팽개치고 고향으로 달려갈 것 같은 생각에 시인은 통일을 함께 기다리는 것이다. 그것만이 그들이 살아가는 이유 바로 희망이기 때문이다.

3. 나가는 말

몇 편의 글로 어찌 수년간 써 온, 아니 평생을 꿈꿔 온 시를 말할 수 있겠는가.

나는 그저 코끼리 만지기처럼 극히 일부만을 이야기했을 뿐이다. 나머지는 독자의 몫으로 남겨 놓고 시평을 마치려 한다.

물결 조외순 시인의 시는 우선 심플하다. 군더더기가 없고 깔끔하다. 어떤 시는 몇 번 읽고 깊이 생각해야 하고 어떤 시는 순풍으로 다가온다. 조 시인의 시는 읽을수록 빠져들게 되고 읽고 나면 시를 참 잘 쓰는 시인이구나 하는 결론에 도달한다.

우리 문단에 아름다운 시집 하나가 더 추가된다는 기쁨도 크다. 여기서 만족하지 말고 더 노력하고 부지런히 시를 써서 독자들의 기대에 보답하기를 소망한다.